Renee Rudorff

Norman und das Paradies

story.one – Life is a story

1. Auflage 2025
© Renee Rudorff

Herstellung (GPSR), Gestaltung und Konzeption:
Verlag story one publishing - www.story.one
Eine Marke der Storylution GmbH, Biberstraße 5, 1010 Wien, Austria
E-Mail: story.one@story.one

Gesetzt aus Minion Pro, Lato and Merriweather.

© Cover Foto: Photo by Spencer Imbrock on Unsplash

© Fotos: Privatfotos Renee Rudorff

Nach einer Idee von Renee Rudorff

ISBN: 978-3-7115-3082-0

Prolog

Und der Geschäftsführer meinte: Wir müssen die Produktionen in Düsseldorf-Reisholz und Hamburg-Eidelstedt zum November schließen, nur die Produktion in Mumbai läuft weiter. Sie sind ab heute freigestellt. Mit diesem Betrag … sind alle Forderungen gegenüber der Firma Hunters abgegolten. Das heißt auch, dass sie bis zum Jahresende bezahlt werden. Ihre Urlaubsansprüche sind mit der Freistellung abgegolten. Ebenso alle Überstunden. Wir wünschen ihnen für ihren weiteren Lebensweg alles Gute. Renee las dieses Schriftstück immer und immer wieder, seine Augen konnten sich nicht lösen. Die Gedanken rasten durch seinen Kopf. Das Herz schlug. Solche Momente sind schwer. Er hatte sich so an seinen Job gewöhnt. Wie versteinert saß er da. Was wird nun?

INHALT

Der alte Betrieb

Wieder einmal ging ich die alte Straße entlang. Schon etwas heruntergekommen, die Gebäude waren aus den Siebzigern, vielleicht sogar aus den 50ern bis 20. Jahrhundert. Ich wusste nicht, wie alt diese Straße war. Es gab noch Reste von Bahnschienen. Diese waren verlegt worden in einer Zeit, als es noch Sinn machte, große Mengen von Rohstoffen mit der Bahn zu transportieren. Heute nimmt man dafür den LKW. Das verkauften einen die Politiker dann als Innovation. Der für Schwerlast konzipierte Zug mit dem Schienensystem wird nicht mehr in Erwägung gezogen, wenn man schwere Lasten transportiert. Stattdessen nimmt man eine verstärkte Version des Pkws, eigentlich ein Leichtbaufahrzeug. Ironie off. Hier hatte ich vor kurzem noch gearbeitet. Es war einer der typischen Industriestadtteile. Es gab einige wenige einzelne Häuser, hier und da eine Wohnsiedlung, ein paar Mehrfamilienhäuser und auf der anderen Seite Schienen. Es hätte Hamburg sein können. Aber genauso auch die Hafengegend von Düsseldorf. Hier stand die

Firma Hunters, Kunstharzproduktion, aber jetzt eingestellt. Kunstharz braucht man für Farbe oder Laminat. Die Firma hätte weiter überleben können. Aber die fehlenden Produkte, die letzten Endes nur politisch motiviert waren, haben die Gewinnmarge des Unternehmens so weit gedrückt, dass man kaum noch effizient produzieren konnte. Letzten Endes wurde auch ich gefeuert. Nun war ich arbeitslos. Das heißt, so ganz war das nicht richtig. Ich hatte einen Zeitarbeitsjob. Jetzt machte ich dieselbe Arbeit in einem anderen Betrieb, aber für die Hälfte des Geldes. Aber ich bin nicht der Einzige mit diesem Schicksal. Es gab viele von dieser Art wie mich. Es hatte geregnet. Man hörte, dass der Bürgersteig, auf dem ich lang ging, noch nicht voll abgetrocknet war. Überall kleinere Schadstellen, kleinere Schlaglöcher in dem Bürgersteig und in der Straße, teilweise hat sich Moos gebildet. Wahrscheinlich hielt es die Stadt nicht für notwendig, hier noch irgendwas draus zu machen. Jetzt stand ich direkt vor dem Haupttor, das seitlich zur Straße verlief. Ich blickte noch einmal wehmütig auf das Produktionsgelände. Da waren sie, die alten Tanks. Die roten Backsteinhäuser. Kleine Backsteinlagerhallen. Mit grauen, feuerfesten Türen verschlossen. Eine nachträglich angebrachte Feuerleiter sollte den Mitarbeitern das Leben retten, wenn mal ein Feuer ausbrach und man im ersten Stock des Gebäudes war. Erstaunlicherweise war das Gelände nicht abgesperrt. Also gehe ich noch einmal in die große Halle. Offenbar hatte man die großen Produktionskessel rausgerissen. Und verschrottet. Aber dann. Öffnete sich die Tür. Der Mann, der da reinkam, trug eine schwarze 70er-Jahre-Brille und einen Rollkragenpullover. Er sah aus wie ein Student, wohl einer von den späteren Semestern. Er schaute mich an. Ich schwieg. Für einen Moment stockte der Atem … Was machen sie denn hier? , fragte er. Ich sagte: Ja, das könnte ich sie auch fragen. Ja, ich bin der Norman, sagte er. Ja, so sehen sie auch aus, sagte ich. Und Norman erzählte weiter. Wir haben das Gelände hier von der Stadt gepachtet. Wir? Fragte ich? Wer ist denn wir? Das bin ich, Norman, und noch ein paar von meinen Kollegen aus der Studienzeit. Ich und meine Kollegen, wir haben früher in einer Mensa so kleine Partys organisiert.

Studentenpartys

Das heißt im Grunde nur, dass wir die Mensa mieten, ein paar Getränketische hinstellen, ein paar Leute verdingen, die diese Getränketische bedienen, und jemanden, der vorne steht und Eintritt kassiert. Macht dann 10 € pro Nase. Ich muss sagen, das erinnert mich auch an meine Studienzeit. Ich hatte gelogen, ich hatte gar nicht studiert. Ich hatte eine Lehre gemacht und dann den Industriemeister. Nach neuester Definition so eine Art Bachelor-Absolvent. Stufe 6 des europäischen Qualifikationsrahmens. Und das auch erst, seitdem wir diese komische Bildungsministerin hatten. Was ist gut für eine Bildungsministerin? Natürlich, wenn viele Leute qualifiziert sind. Also wurden aus Meistern Bachelor-Absolventen, der sogenannte Bachelor professionell. So etwas war ich, aber das hatte natürlich nichts mit dem Bachelorstudium zu tun. Viel mehr bedeutet es, dass man in der Summe seiner praktischen Fähigkeiten auch in etwa an das Fähigkeitsniveau eines Bachelor of Arts oder eines Bachelor of Science herankam. Als ich dann im Jahre 2012 davon hörte, dass ich dem Niveau des Bachelors entspreche, musste ich natürlich die ganzen Studentenpartys nachfeiern. Ich ging also in die Nachtclubs und feierte. Schließlich war man jetzt Akademiker. Und ja, ich wusste davon, dass einige Studenten damit richtig viel Kohle machen. 10 € Eintritt. Mal 2000 Leute und das freitags und samstags. Also 20.000 am Samstag und am Freitag. Vier Wochenenden im Monat: 160.000. Die Miete für so eine alte Halle vielleicht 500 bis 1000 €. Man musste ausnutzen, dass die Stadt das Gebäude einfach nicht mehr loswurde. Kein Wunder: Für eine reguläre Produktion waren die Elektroanlagen zu veraltet. Meistens lohnt es sich nicht, die Hallen zu sanieren, denn man muss ja alles rausreißen. Und dann der Ökoterror. Eine Solarzelle hier, eine Solarzelle da. Mülltrennung und möglichst keine Abwässer erzeugen, wenn es geht, sonst zahlt man richtig drauf. Aber, so wie ich Norman verstanden hatte, wollte er die Halle für eine Art Veranstaltung nutzen. Dann hast du es gut, dass diese Halle voll gefliest war. Das war aber nicht besonders romantisch. Aber in der Mitte der Halle gab es eine Rinne, so konnte man die Halle immer leicht reinigen. Ideal zum Kotze aufwischen: einfach Wasser rauf und weg. So hatten wir auch immer unsere Produktionsabfälle entsorgt. Entsorgung nach Chemiemeister-Art. Den Hahn aufmachen und das Abfalllösemittel läuft die Rinne herunter. Dann ordentlich Wasser hinterher spülen. Und kein Schwein konnte dir nachweisen, dass du für die illegale Entsorgung irgendwelcher Lösungsmittel verantwortlich warst. Idealerweise nutzten wir dafür die Nächte. Und der Chef war dankbar, dass er wieder ein paar Tausender für die Entsorgung eingespart hatte. Aber da musstest du aufpassen, durftest nicht so viel auf einmal entsorgen, eher kleine Mengen und dafür jede Nacht, und jetzt wurde diese alte, in den Boden eingelassene Rinne für die Kotze der Disco-Dinger benutzt. Dieser jungen Mädchen, die sich einmal am Wochenende die Breitseite geben und womöglich etwas über das Ziel schossen. Und der alte Portalkran war auch noch da. Zusammen mit dem Haken. Da konnte man ein Gestell für die Discokugel festmachen. Für den perfekten Industrie-Look musste man dann noch die Wände schwarz anmalen. Dazu eine lieblose Spanplattenkonstruktion aus dem Baumarkt für wenige Euro und fertig war der Rohbau des DJ-Pults.

Alles in Schwarz

Schwarz. Das fiel nicht auf, weil auch das DJ-Pult komplett schwarz gepinselt wurde. Auch hatte die schwarze Farbe einen riesigen Vorteil. Man sah den Dreck einfach weniger und so musste man weniger putzen. Jahrelange Disco- und Party-Erfahrung zahlten sich langsam aus. All die Tausender, die man jährlich in die allwöchentliche Discoerfahrung investieren musste. Ja, das musste sich ja irgendwann lohnen. Und jetzt schien es so weit zu sein. Da die Kosten der Handwerker schnell ins Unermessliche gehen konnten, holte man sich ein paar arme Studenten, die man ja noch aus Studienzeiten kannte. Oder man bediente sich bei so Jobbörsen wie MySchlosserhammerXXL.co.com. Das waren dann meistens Alkoholiker. Oder Leute, die aus Russland kamen und so schlecht Deutsch konnten, dass man alles erklären musste, und zwar in der Weise, dass entweder ein russisch-deutscher Dolmetscher dabei war oder man es ihm vormachen musste. Jedenfalls irgendwie und mit solchen kranken Konstruktionen musste man sich mehr oder weniger helfen, wollte man für wenig Geld eine Technodisco aufmachen. Spätestens jetzt musste man auch verstehen oder vielmehr es wurde einem ein wenig klar, wieso diese Läden immer gleich aussehen. Von Kiel Bergstraße bis zur Hans-Bunte-Straße in Freiburg. Die Läden sahen immer gleich aus, und wehe, man wagt es, hinter der lieblos angetackerten Plastikfolie zu schauen. Da erwartete einen meistens das Grauen. Meistens konnten von so einem Areal die Nebenräume nicht benutzt werden, es waren ja auch eigentlich Fabrikgebäude, die jetzt umfunktioniert wurden. Damit sich dort aber niemand versteckte oder sich an irgendwelchen alten Kabeln verletzte, wurden auch diese Zugänge meistens mit schwarz gepinselten Spanplatten für wenige Euro aus dem Baumarkt zugemacht. Wo man allerdings schon ein bisschen draufschauen musste, waren die WCs. Dafür konnte man Teile der Halle mit sogenannten Trockenbauelementen und Rigipsplatten zum Klo umfunktionieren, schnell noch ein paar billige Fliesen verlegen, das billigste Modell bei den Kloschüsseln und ein paar Urinale. Osteuropäische Handwerker, die kaum Deutsch konnten, erledigten diesen Job meist für wenig Geld und, wenn man wollte, sogar schwarz. Ich meine das Schwarzgeld, Schwarz –

Cash weg. Da musste man diesem deutsch-polnischen Vorarbeiter nur klarmachen, dass der Job am Wochenende von bereits in Vollzeit beschäftigten jungen Polen erledigt werden musste, die aussahen wie Studenten. Und dann konnten sie sich noch etwas hinzuverdienen. Da passt es auch gut, dass es in Russland und in Polen und Weißrussland oft keine richtig funktionierende Sozialversicherung gab. So mussten diese armen Teufel jede Gelegenheit nutzen, um Geld zu verdienen. Geld für die kranke Mutter zu Hause. Geld für den schwachsinnigen Cousin. Geld für das kaputte Dach. Und wer weiß … Wenn die Arbeit dann erledigt war, dann konnten Vladimir und sein Kollege Mirek später vielleicht als Security in der Disco arbeiten. Es war zu perfekt, als dass man es nicht hätte machen können. Man musste einfach in so einer Zeit in so etwas investieren.

Die Investition

Der große Vorteil von solchen Unterneh-
mungen, würde ich mal sagen, ist, dass man oft
Einzelunternehmer ist und das heißt, man ist
ziemlich klein. Es gibt keine Veröffentlichungs-
pflichten Man taucht in keinem Register auf
und wie viel Geld man tatsächlich einnahm, das
wussten der Herrgott, Jesus, Maria, Buddha
oder an wen auch immer sie glauben mochten.
Aber sicherlich nicht das Finanzamt, und pas-
sen Sie auf, dass die Ehefrau nichts mitbe-
kommt, wenn Sie verheiratet sind. Zu einem
vernünftigen Disco-Management gehört natürlich auch die Handhabung der Ehefrau. Wenn
die Ehefrau Fragen stellt, geben Sie ihr halt ein
paar Scheine und dann soll sie ruhig sein. Oder
ein paar Blumen oder ein 500-€-Gutschein für
den Schuhladen. Vielleicht brachten Mirek und
Wladimir noch ihre Schwestern mit. Jelena und
Theresa. Fertig waren die Bardamen. Mit Aus-
ländern zu arbeiten hat ja auch riesige Vorteile.
Die können die Sprache nicht. Das Wort „Tarif-
vertrag" kennen die nicht. Das Wort „Berufsge-
nossenschaft" lernen sie auch erst sehr spät.

Und sie braucht Geld. Spätestens, wenn sie diese Begriffe drauf hatten und wussten, was das alles bedeutet, war aber auch klar, dass man sich trennen muss. Dann gab es vielleicht einen anständigen Job in einer richtigen Disco, die professionell organisiert war, oder in einem Hotel. Erfahrung hatte man ja. Also war das Ganze eine Win-win-Situation. Alle würden profitieren. Besonders einer, und das war der Chef. Warum war ich nicht auf die Idee gekommen, so etwas zu machen. Ein besonderes Augenmerk musste man allerdings auf die Auswahl der Soundanlage richten. So eine Anlage in einer 2000-Leute-Halle konnte schon mal 50000 Watt haben. Aber hey, … gab es nicht jede Menge Discos, die pleitegehen? Und die dann ihre 50.000-Wattanlage verscherbeln mussten? Die gab es in der Tat und dann der Sekundärhandel. Findige Geschäftsleute machten sich auf den Weg und handelten diese gebrauchten Boxen. Die sahen zwar etwas schäbig aus, aber das macht ja nichts. Würde ich neue Boxen kaufen, würden die nach drei Wochen auch so aussehen. Also war auch das gebongt. Jetzt musste man nur noch die Behörde dazu bekommen, das alles zu genehmigen. Meistens reicht dafür ein sogenannter Bauschein, das war ein vereinfachtes Genehmigungsverfahren. Ein paar alte Sofas vom Sperrmüll für die Inneneinrichtung – schließlich wollte man sie auch mal hinsetzen – oder auch gern genommen: lieblose Holzbänke, angestrichen mit schwarzer Holzfarbe. Auch auf den konnte man wunderbar die Kotze aufwischen. Und wenn die Salzsäure von der Kotze allmählich die Farbe angelöst hatte, wurde halt ein bisschen nachgepinselt. Da konnte man dann sitzen. Kühlschränke kamen meistens von Sponsoren. Wenn jemand ein neues Energie-Getränk auf den Markt bringen wollte, musste er dem Discobetreiber auch einen Kühlschrank schenken. Ich meine jetzt nicht diese 200-€-Kühlschränke, die sicherlich auch. Sondern ich meine die Kühlschränke mit der durchsichtigen Scheibe und mit dem Werbeaufdruck. Da kann der Produzent seine Werbung draufdrucken. Und dann läuft das Geschäft. Nee, also ehrlich, die meisten Discos dieser Art, man nennt sie auch Untergrundtempel, das muss nicht einmal etwas Negatives bedeuten, aber es sind im Grunde so Rattenlöcher mit vielen kleinen Gängen. Es muss nicht unbedingt ein altes Fabrikgebäude sein. Sondern irgendeine Art weitläufiges Gebäude.

Das Rattenloch

Gerade für den Winter ideal. Dort bekam man soziale Kontakte, vielleicht gab es noch einen kleinen Raum mit einem Billardtisch oder Darts. Und gleichzeitig musste man sich nicht draußen aufhalten, wo es kalt war. Gerade im Winter war so etwas sehr beliebt. Manchmal denke ich, dass man an die niedersten Instinkte des Menschen appelliert, nämlich ebenso wie die Ratte, und die Ratte ist ja auch ein soziales Tier, sich zu verstecken und dort auf andere zu treffen. So oder so ähnlich könnte es funktionieren. So machte man dann 20.000 pro Abend, acht Abende im Monat, dann 160.000. Wenn man es geschickt anging, hatte man vielleicht maximal 10.000 € Personalkosten und 1000 € Miete im Monat. Dazu noch ein paar Hunderter für Wasser und Strom. Ja, das konnte sich schon lohnen, so ein runtergerocktes Gebäude fit zu machen und zu einer Disco umzubauen. Solange die Behörden mitspielten. Und Steuern? Welche Steuern? Bis in die 90er und 2000er Jahre war das zwar so, dass es Kassen gab und Kassensysteme, aber die konnte man manipulieren. Und die konnte man einfach offen lassen. Du machst die Kasse halt auf, dafür hat die Kasse einen Knopf, und dann lässt du die Kassenlade einfach auf, und wenn ein Kunde seinen Eintritt bezahlt, legst du das Geld in die Kasse. Aber ohne es zu tippen. Dieser Trick funktioniert in dem heutigen Jahr 2024 immer noch. Was du nicht getippt hast, hast du nicht als Umsatz und was du nicht als Umsatz hast, hast du nicht in deiner Datenbank, denn diese modernen Kassensysteme legen Daten an. Und so manch einer hat sich eine goldene Nase verdient, wenn er die Dinger so programmieren konnte, dass ungefähr jeder zweite Umsatz verschwand. Ja, diese Kassen-Elektriker, die diese Systeme installierten, das waren schon reiche Leute. Da macht jemand so eine Elektriker-Lehre. Und dann hatte er einen Mercedes. Allerdings dürfte man es nicht übertreiben, man konnte nicht jeden Umsatz verschwinden lassen. Du kannst sie nicht die ganze Zeit dahin stellen, mit offener Lade, machst Umsatz und Umsatz, aber du tippst nicht. Das konnte nicht gut gehen. Meistens ging es auch nicht gut. Mittlerweile sind die Kassensysteme im Jahr 2024 schon so weit, dass sie einen LAN-Anschluss brauchen oder Wi-Fi und dass sie ihre Software herunterladen und jeweils mit dem neuesten Update automatisch aktualisieren, und auch die Umsätze werden in einer Datei gebucht, die im Internet ist. Und wo das Finanzamt jederzeit darauf zugreifen kann. Aber der Trick mit der offenen Lade funktioniert dort immer noch. Man darf nur nicht vergessen, ab und zu mal etwas einzutippen, vielleicht den Betrag für einen Kaugummi. Geld? Welches Geld? Das Geld, das in dem Kassensystem nicht erfasst wird, ist halt Schwarzgeld. Hier war es gut, wenn der, der das Kassieren machte, auch gleichzeitig der Chef war. Und dann gibt es ja auch diese Angebote, wo man mit Bitcoin oder Ripple bezahlt, das sind zwei Kryptowährungen. Meine Kryptowährung bunkere ich gleich auf einem USB-Stick oder irgendwo in Singapur bei Bit-o-get.co.to. Da kann das Finanzamt lange suchen. So kann man sich ein schönes Polster für das Alter aufbauen und keiner merkt etwas. Aber wie gesagt, ich bin ja nicht der Scharlatan. Sondern der Norman. Der Norman wollte so etwas ja machen, ich mache mir nur so meine Gedanken, wie das vielleicht sein könnte. Also, liebes Finanzamt, falls ihr euch dieses Buch kauft und es lest: Ja, so kann man es machen.

Der Plan

Muss man aber nicht. Und ich sage nicht, dass ich so etwas jemals gemacht habe. Aber der Norman. Der macht so etwas. Er und seine Kollegen. Ich kann ihnen die Adresse nicht geben, weil das Ganze eine Geschichte ist. Aber solche Geschichten wiederholen sich immer wieder aufs Neue in Deutschland. Ich sprach mit Norman über meine Ideen. Und er fand sie ganz hervorragend. Sogar das mit dem Kassentrick fand er gut. Und natürlich hatte er sich auch schon ähnliche Gedanken gemacht. So oder so ähnlich würde es laufen wollen. Aber Norman hatte noch einige ungelöste Probleme. Eins der Hauptprobleme waren z. B. die Parkplätze bzw. die Lärmbelastung vom Aussteigen der grölenden Jugendlichen. Für viele Diskothekenbetreiber ein echtes Problem. Aber nicht hier. Zur Not konnte man sogar auf den Schienen parken, das interessierte keine Sau. Sicherlich, ein paar Querulanten gab es immer, die gab es überall. Das alte Betriebsgelände und die alte abgerissene Lagerhalle, da war genug Platz. Ideal. Jetzt müsste man nur noch genug Leute in den Laden hineinkriegen, sagte ich. Norman stimmte mir zu. Ach, ich denke, meine Kommilitonen und Studienkollegen aller Art werden wohl fürs Erste reichen, und dann macht man noch ein bisschen Werbung und dann kommt das schon. Sagte Norman. Ja, aber die erwarten auch Qualitäts-Clubbing. Das heißt, die DJs müssen die richtige Musik spielen. Da musste man sich in der DJ-Szene auskennen. Wenn man sich da auskannte, war das echt gut. Manche Gäste kamen nur, um einen gewissen DJ zu hören   oder   danach abzuhotten. Von Tox Thompson L.A. über Todt Tot Turning bis   hin   zum Tomato-Proof-DJ-Team. Nicht vergessen sollte man dabei aber auch nicht die Bunkerrocker für den Rock-Abend am Montag. Am Donnerstag könnte dann vielleicht noch der DJ Sahneeis mit seiner Schlagerdisco kommen. Da kommen zwar nicht so viele Leute, aber ein paar Drinks verkaufen, mit vielleicht ein oder zwei Personal, das deckt die Betriebskosten. Vor allem dann, wenn man vergisst, die Kassenlade zu schließen. Und das vergessen wir schließlich andauernd. Der DJ Sahneeis, das war vielleicht eine Type, trug immer ein rosa Hemd mit pastellblauem Sakko. Das sah aus. Und gestunken hat er, kam immer mit seinem goldenen Honda Accord. Ja, das wäre so einer. Ich glaube fast, das war einer vom anderen Ufer. Vielleicht könnte man den großen Raum, der als Main Hall gedacht ist, auch noch abteilen und dann eine kleine und eine große Disco haben. In der kleinen Disco könnte am Samstag dann DJ Manic Cleopatra auftreten, ja, die Lesbe mit der Latzhose. Ja, genau die. Für Frauen mit speziellen Wünschen. Aber das war nur ein Gedankenspiel. Ja, sagte Norman. Das klingt schon ganz gut. Aber jetzt müsste ich noch jemanden haben, der am Samstagabend, also praktisch zur Primetime, in der Main Hall auftritt. Da müssen wir schon vernünftige Namen hernehmen, damit so etwas auch gut funktioniert. Da kenne ich nur einen Namen: DJ Miller D.C. Er heißt in Wirklichkeit Sascha Müller und er nahm Miller D.C. als seinen Künstlernamen an. Das klingt eher simpel, aber der Mann war gut. Alle halbe Stunde einen anderen Techno-Minimal-Mix, das musste man schon können. Und er konnte es perfekt. Also den nehmen wir für die ersten zwei Stunden zum Anheizen. Für die Disco: Wenn die um 21 Uhr aufmacht, dann ist der vielleicht bis 23 Uhr dort. Zum Aufwärmen, das bringt vielleicht die ersten 50 Leute zum Tanzen.

Noch mehr Ideen

Für den Rest des Abends legt dann der DJ Sleepless NY auf. Der kann dann von 23 Uhr bis 5 Uhr morgens auflegen. Er heißt Sleepless NY, weil er an einer seltenen Schlafstörung leidet. Er schläft praktisch nie. Wegen seiner Behinderung ist er praktisch abgesichert, er finanziert sein Leben mit der Behindertenrente, die er bekommt. Und dann verdient er sich noch was hinzu, indem er auflegt. Und der Mann ist gut, denn er beschäftigt sich praktisch nur mit Techno und Trance. Mit Minimal und House-Musik. Wenn sie praktisch nichts anderes tun, weil sie nichts anderes tun müssen. Dann sind sie scheiße gut. Es gibt allerdings auch Phasen, wo unser DJ schläft. Für solche Fälle müssen sie dann einen anderen DJ holen, z. B. Tox Thompson L.A., über den wir ja schon geredet haben. Er trägt diese komische japanische Gesichtsmaske, wenn er auftritt, deswegen Tox. Und wenn alle Stricke reißen sollten. Hätte ich noch Todt Tot Turning. Der tritt grundsätzlich erst ab 3 Uhr nachts auf. Er sieht aus wie eine Kalkleiste und trägt schwarze Kleidung. Der könnte dann für die letzten zwei Stunden reinkommen. Gerüchte zufolge soll er die Mondscheinkrankheit haben, das heißt, er darf kein Sonnenlicht bekommen, aber ideal für die Clubszene und ein Meister seines Faches. Von dem habe ich auch schon gehört, sagte Norman. Der ist mal bei einer Studentenparty aufgetreten, seine Auftrittszeit war so von zwei bis sechs Uhr morgens. Da haben wir aber am nächsten Tag unsere Klausuren verhauen. Das war nicht schön. Aber eine prägende Erfahrung, die mit dem Namen „Todt Tot Turning" in Verbindung steht. In 20 Jahren lachen wir alle darüber, sagte Norman und lachte … Er lachte bereits jetzt darüber. Kam mir komisch vor. Das bedeutete vielleicht, dass es mit seinem Studium nicht so gut lief. So sagte ich: „Jetzt habe ich dir ja schon einige Informationen geben können." Wenn ihr Hilfe braucht, dann ruft ihr mich einfach an. Klar, das werde ich machen, sagte Norman. Ich verließ die Halle und ging reumütig und etwas traurig nach Hause. Am nächsten Tag würde wieder mein scheiß Zeitarbeitsjob auf mich warten, aber was sollte ich machen? Ich dachte an Norman, hoffentlich würde er es schaffen, denn seitdem dieser Betrieb nicht mehr da war, war die ganze Gegend eher trostlos. Und ich hatte hier meine

Wohnung. Ein bisschen Trubel könnte ich gebrauchen. Es würde aber noch dauern, bis es zur Eröffnung kommt. Falls es überhaupt dazu kommt. Denn manche Disco-Projekte scheitern schon am Anfang. Wir werden es sehen. Ich ging wieder zurück in meine Wohnung und vollbrachte meine alltäglichen Aufgaben. Einige Wochen vergingen. Da hatte ich plötzlich eine Nachricht auf dem Handy. Eine A2-Teledienst-Nachricht. A2 Teledienst war ein lokaler Anbieter. Und offenbar war auch Norman dort angemeldet und er schickt mir etwas. Hallo Renee. Kennst du mich noch? Ich bin es, Norman. Ich mailte zurück. Ja, wie kann ich dir helfen? Das sollten wir am besten persönlich besprechen. Klar. Soll ich vorbeikommen? Ja, am besten so um 15 Uhr an meiner Halle. War da. Norman kam mit seinen alten VW-Bus, kurze Begrüßung. Was hast du denn für mich? Wir können gleich reingehen ... Wir gingen in die Halle rein, die zur Disco umfunktioniert werden sollte. Es hatte sich schon einiges getan. Die Wände waren durchweg schwarz, genau wie die Decke. Das fiel mir sofort auf, und ich sagte zu Norman: Das sieht ja toll aus.

137	145	153	161	169	177	185	19
138	146	154	162	170	178	186	194
139	147	155	163	171	179	187	195
140	148	156	164	172	180	188	196
141	149	157	165	173	181	189	197
142	150	158	166	174	182	190	198
143	151	159	167	175	183	191	199
144	152	160	168	176	184	192	200

Von Amateurboxern und Hundeführern

Das wird den Gästen bestimmt gefallen. Freut mich, wenn du das auch so siehst. Wir werden wohl in einigen Wochen eröffnen. Jetzt habe ich immer noch keine Sicherheitsleute und den ein oder anderen für die Bar könnte ich auch noch gebrauchen. Erwartungsgemäß waren die Handwerker, die den Umbau gemacht haben, nicht bereit, auch noch als Security zu arbeiten. Stellt sich die Frage, was du bezahlst. Ich kenne zum Beispiel die Securityfirma K. O. Das steht für Kurt Orth GmbH OHG KG. Kurt war ehemaliger Preis-Boxer und späterer Amateur-Europameister im Boxen. Als es mit dem Boxen nicht mehr ging, gründete er wie so viele Kampfsportler und Ex-Boxer eine Sicherheitsfirma. Kurt ist eigentlich sehr angesehen und recht teuer. Aber wenn er sich in gewisse Projekte verliebt oder er bereit ist, ein Projekt zu supporten, das neu ist und hinter dem er steht, dann kann es auch sein, dass er einen sehr guten Preis macht. In dem Fall wäre K.O. gar nicht mal so schlecht. Das muss man sehen. Aber ein Versuch ist es wert. Und wenn das nicht klappt, hätte ich noch K.N.A.L.L.-GmbH AG. Das steht für Karl Niemann Alarmierungs-Lösung. Das sind Securitys, die hier mit Hunden rumlaufen und außerdem mit Gaspistolen bewaffnet sind. Es sind praktisch Hundesport-Fans durch und durch. Und die immer alles dabei haben, was sie dafür brauchen. Diese werden für große Veranstaltungen zur Zaunsicherung eingesetzt. Ob die auch Leute ohne Hunde haben, ist allerdings die Frage. Aber ein Versuch ist es wert. Bei K.N.A.L.L. arbeitet übrigens eine alte Freundin von mir, die schnelle Ella. Ella ist zwar nur 1,50 m groß. Aber sie hat immer ihren Schäferhund Bello dabei. Und was sie an Schlagkraft nicht mitbringt, wird Bello sicherlich ausgleichen. Sie soll mit ihrem Hund verheiratet sein. Du weißt schon, die neue Regierung mit ihren Gesetzen hat es möglich gemacht. Sie ist in der Sicherheitsbranche sehr hoch angesehen. Manche sagen, dass Ella nur deswegen so schnell ist, weil Bello sie hinter sich herzieht, aber das sind Gerüchte ... Und wenn das nicht klappt, was soll ich dann machen? Fragte Norman. Da kenne ich noch einige Securityfirmen, die auch ihren Job machen, aber nicht so angesehen sind. Da wäre zum Beispiel C.L.A.N., das bedeutet „Clublösungen". Ali Nahbar. Ali Nahbar kommt aus dem Ausland, hat sich hier integriert und hat eine ziemlich große Familie, und dann hat er sein Sicherheitsunternehmen gegründet. Ca. 40 Mitarbeiter. Gerüchte berichten allerdings darüber, dass fast alle denselben Nachnamen haben. Nein, das stimmt nicht. Nicht alle, aber fast alle. Andere wiederum behaupten, dass „Clublösung" nicht bedeutet, dass er für Clubs die richtige Lösung bietet, sondern dass sich Besitzer von ihren Clubs lösen. Wahrscheinlich aufgrund einer gewissen Drucksituation, die tritt vor allem dann auf, wenn der Club rentabel ist. Aber die Nachbarn sind auch in vielen anderen Geschäften beschäftigt, unter anderem in Shisha-Läden oder Lebensmittelgeschäften für orientalische Handelswaren. Als Letztes würde mir jetzt so spontan noch die Mc Motor Security Ltd. SE aus Troisdorf einfallen. Das ist im Grunde ein Motorradclub, der aber auch Objektschutz macht, indem er nachts durch die Industriegebiete fährt. Leider kein besonders guter Ruf. Man sagt, sie würden dort auch selber einbrechen. Aber das sind … die Leute reden halt.

rsenkbarer Poller hebt automatisc

Sicherheit muß sein.

Das Clubhaus ... Verzeihung, ich wollte sagen, die Einsatzzentrale befindet sich sogar hier im Industriegebiet, also gar nicht weit. Sie haben erstaunlich gute Strukturen, wenn man bedenkt, dass das ein eher kleiner Laden ist. Sie haben einen sogenannten Road-Captain, der die Ausfahrten plant ... Entschuldigung, ich wollte sagen „Einsatzfahrten". Der Sergeant-at-Arms ist eine Art Sicherheitsexperte, der die Schlagstöcke und Gaspistolen immer einsatzfähig hält und regelmäßig überprüft. Natürlich nur legale Waffen oder mit kleinem Waffenschein. Und wegen der Motorräder kann das zu überwachende Einsatzgebiet auch ruhig mal ein paar Kilometer entfernt sein. Die normalen Sicherheitsleute würden wahrscheinlich irgendwann mit ihrem E-Auto liegen bleiben. Aber die haben Motorräder. Und bestehlen wird man dich dann nicht. Außer durch die Security selber. Mach es halt so: Stelle ein paar Kartons billigen Fusel hin. Aus dem Discounter ... Silver Gate Rum oder so was. Und dann lassen sie das halt mitnehmen und schreiben das dann später ab. So könnte es klappen. Was ist denn eine Ldt. SE? Eine Ltd. SE ist eine Limited, also eine GmbH auf den Kanalinseln, und die SE ist eine europäische Aktiengesellschaft nach Europarecht. Anstatt Aktien gibt es aber Anteile an der Ltd. Und für die haftet letzten Endes keiner. Ein sehr ausgeklügeltes Steuersparmodell. Das klingt gar nicht mal so schlecht, sagte Norman. Ich werde sicherlich meine Security-Leute finden. Wieder einige Wochen später öffnete ich mein E-Mail-Fach. Eine Einladung. Das klingt schon mal gut. ... Das ist doch nicht ... doch, Norman ... es ist von Norman. Eine Einladung ... zur Eröffnung des Edelharzwerkes. In Anlehnung an die Kunstharzfabrik, die hier stand. Das wird den Leuten ein bekannter Name sein. Alle wissen, wo die Kunstharzfabrik war ... und so werden sie das Edelharzwerk leicht finden. Das war genial. Das musste funktionieren. Moment mal, da stimmt ja was nicht ... Donnerstag? Wieso denn am Donnerstag? Die Kiddies gehen noch immer am Freitag oder Samstag aus. Sonntag wird dann ausgeschlafen. Und dann wurde es mir klar: Ja, das ist eine Art Pressetermin. Das heißt, die Disco öffnete mit allen Dancefloors. Eine Art Voreröffnung und es werden alle wichtigen Leute eingeladen. Und jeder, der eine Einladung hatte, kam sogar umsonst rein. Manchmal gab es die Getränke sogar umsonst. Das war ein PR-Coup. Gut gemacht, Norman. Und die konnten dann trinken, tanzen und sich alles anschauen. Und dann stand am nächsten Abend auch bestimmt etwas in der Zeitung. Also rechtzeitig zum Samstag, dem eigentlichen Eröffnungstermin. Und da kommen dann die, die bezahlen sollen. Es gab verschiedene Gruppen von Gästen. Die Kiddies, die waren vielleicht gerade mal 16 oder 17, versuchten, wie 18 auszusehen und hereinzukommen. Dann die Mitte-20er. Dann gab es aber auch die, die mit 30 oder 40 noch nicht verheiratet waren. Die versuchten dann, wie 20 auszusehen. Aber Glatze und graue Haare waren natürlich verräterisch. Und dann die Dorfjugend. Die kommen mit 20 Mann und saufen sich die Birne dicht. Sie tragen oft Fußballtrikots. Oder eine Werbetrainingsjacke vom Schlachter um die Ecke. Und dann die Frauen, da gab es diese schicken Frauen mit dem Dolce-und-Gabbana-Look. So als würde das nie out werden. Diesen Look gibt es nämlich schon seit 40 Jahren.

Von Babes und Vapes

Und das scheint immer noch »in« zu sein. Diese großen getönten Brillen und die blond gesträhnten Haare. Dazu ein weißes Kleid oder eine weiße Hose. Dann die Kategorie armes Bauernmädchen. Die arbeiten meistens als Putzfrauen oder beim Discounter an der Kasse. Und so sah auch die Kleidung aus. Einfache Hose, dazu ein Hoodie. Etwas schlampig mit Flecken. Oder ein Sommerkleid von einem Second-Hand-Laden. Dann gab es aber auch noch die Frauen, die wirklich viel Geld in ihre Kleidung und in ihr Aussehen investierten, obwohl sie nicht viel hatten. Die sahen schon richtig edel aus. Wie dem auch sei, der Laden musste voll werden. Das ist eine der wichtigsten Regeln bei einer Techno-Disco. Der Laden muss immer voll sein. Und es müssen immer hübsche Frauen dabei sein. Die kann man anlocken, indem man ihnen kostenlosen Alkohol versprach. Auch gut waren immer die Geburtstagsgesellschaften. So was hat man in der Disco gerne, und so versprach man ihnen eine große Flasche Schnaps und freien Eintritt, wenn sie ihre Geburtstagsfeier in die Disco verlegten. Ein mittlerweile wirklich überall praktiziertes Prozedere. Sie sorgten für gute Laune und hohen Alkoholkonsum. Und das steckte dann auch andere an. Der Mensch ist eben ein Herdentier und er orientiert sich an anderen. Und dann diese Typen. Wir schaffen es immer irgendwie rein. Und sie wollen einem immer irgendwelche Pillen verkaufen. Nein, keine Drogen. So was traut sich heute keiner mehr. Aber Pillen. Es gab zum Beispiel die Sun-to-Moon-Pillen. Eine Pille und die Nacht verwandelte sich in den Tag. Leider dann aber auch der anschließende Tag zur Nacht. Aber da schlief man ja sowieso seinen Rausch aus. Dann gab es die Eraser. To erase heißt „auslöschen" und genau das machen diese Pillen auch. Es gab Baby-Eraser. Wenn man die nahm, wurde das Gehirn für einige Stunden auf das Niveau eines Babys reduziert. Aber auch Babys können Techno tanzen. Also wunderbar, rein damit. Dann gab es die Rat-Eraser. Die ließen ihr Gehirn auf das Niveau einer Ratte schrumpfen. Ideal, wenn man sich für das andere Geschlecht interessierte. Also doch Drogen? Nein, die dort verwendeten Stoffe waren noch überhaupt nicht klassifiziert und damit legal. Niemand schmeißt sich mehr Kokain oder LSD rein oder das MDMA vielleicht? Nein, niemand. Wenn die Kiddies relaxen wollen, ziehen die sich sogenannte Vapes rein. Das sind zunächst ganz normale E-Zigaretten, aber man kann sie modifizieren. Die Anleitungen und Materialien dafür gab es im Internet. Und schon feiern sie eine Nackt-Party mit einem Model und ihren 8 Zwillingsschwestern. Aber so weit wollte ich es nicht kommen lassen. Ich ging an die Bar. Und ich bestellte dort erst einmal mein Lieblingsbier. Ich fragte: „Haben sie Helgoländer Felsenbier?" Nein. Haben wir nicht. Na dann geben Sie mir doch ein Reinickendorfer Dünnbier mit einem Schuss Orangensaft. Bitte sehr, komm sofort, murmelte der Mann an der Bar mit tiefer Stimme und er verschwand. Die Atmosphäre war genial. Die ersten zwei Stunden hatte Tox Thompson L.A. aufgelegt und die Gemeinde trottete im gleichmäßigen Minimal-Dance-Trott hin und her. Dann folgte der Auftritt von DJ Sleepless NY.

DJ Sleepless NY

Er hieß nicht nur „Sleepless NY". Sondern diese blasse Gestalt hinter dem DJ-Pult hatte eine Schlafkrankheit und war ein echter Schwerbehinderter. Jetzt hatte die Firma von Norman und seinen Freunden sogar schon die Behindertenquote erfüllt. Und dieser DJ Sleepless NY war ein Meister seiner Klasse, er brachte die Dancehall zum Kochen, der Alkohol floss in Strömen, ja, DJ Sleepless NY … Du bist der Priester des Trance. Aber wie schaffte er das? Wie schaffte er es, so die Leute unter Kontrolle zu bringen? Was ist das Geheimnis der Musik? Nun muss man das erst einmal genauer betrachten. Welche Musikrichtung gibt es? Da gibt es zum einen die heute überall beliebte Trance-Musik. Die entsteht recht einfach. Kann man heute mit jedem Computer oder mit einem Keyboard machen. Dazu muss man nur eine monotone Kombination von Rhythmen erzeugen. Das können acht Töne sein. Oder sogar weniger. Wichtig ist: Auf jedem Keyboard und bei jedem Equalizer gibt es eine sogenannte Repeat-Funktion. Repeat heißt Wiederholung und es heißt im Allgemeinen, der Ton wird wiederholt. Man macht also acht Töne und wiederholt sie. Das läuft dann immer so weiter, immer so weiter. Fertig ist die sogenannte Baseline. Jetzt konnte es passieren, dass er selbst dazu zu faul war. Diese acht Töne, das wollte er nicht. Also konnte er sich eines Riesen-Sortiments von bereits vorgefertigten Musikstücken dieser Art bedienen. Internetseiten wie Soundklau.co.to stellten oft sogar kostenloses Material zur Verfügung. Manche DJs nahmen aber einfach Vinylplatten mit Trance-Musik und machten sich die Mühe, diese einzuspielen, also zu digitalisieren. Man sagt auch „sampeln". Also Samples sind kleine Musikfragmente. Die man dann oft wieder neu zusammenbaute. Oder man digitalisierte einfach Teile von Vinyl-platten. Die man für seinen Abend brauchte. Machte man dieses direkt live im Club vor den Augen der Gäste, womöglich noch mit einer Vi-nylplatte. Dann konnte es sein, dass genau diese Form der Musik, mit den Abständen und der Auswahl von Samples oder sogar direkt live eingespielt von der Vinylplatte, während man das Stück vorspielt, dann konnte es sein, dass so etwas nur einmal gespielt wurde. Ich meine jetzt genau in der Kombination. Mit genau den Platten. Es gab ja tausende Platten. Dann könnte es sein, dass an diesem Abend einmalig und nie mehr wiederkehrend ein einmaliger Sound entstand. Zudem man dann abhotten durfte. Und dass es so nie wieder geben würde. Und was auch vorher nie so da war. Dann konnte es sein, dass der DJ zu so einer Art Gottheit erkoren wurde. Weil er der Künstler der Vinylplatten war, der Meister der Chips, der Prophet des Sequenzer-Keyboards. Der Herr der Musikcomputer. Ihm gelang es, mit seiner Kunst etwas aus dem Universum herauszuziehen, was für diesen Abend und für einen kurzen Moment so entstand. Und was dann nie wieder genauso sein würde. Diese Einzigartigkeit und die Fähigkeit, diese Einzigartigkeit immer wieder neu zu erschaffen, waren das, was auch den DJ und auch den Abend, ja sogar den Club insgesamt, einzigartig machte. Das gab es nur jetzt. Würde man diese Nacht nicht miterleben, würde man innerlich zu einem ganz kleinen Teil absterben.

Die Auserwählten

Für die, die in dieser Nacht dabei sein durften, war es etwas ganz Besonderes. Sie waren privilegierte Auserwählte. Und das machten sie auch von außen hin sichtbar. Denn sie trugen dieselbe schwarze Kleidung. Wie ein Pastor oder Pfarrer in der Kirche. Schwarze Kleidung war schon immer ein Symbol des Glaubens. Und der DJ war mindestens Pfarrer oder Diakon seiner Gemeinde, er war der Priester des Universums. Durch ihn wurde für einen kurzen Moment, für eine Nacht, das Tor zum Universum eröffnet. Durch seine Kreativität, durch seine Fähigkeit, etwas Neues zu schaffen, öffnete er das Tor zum Universum. Das waren keine eingeprägten Muster, das waren keine Rillen auf einer Schallplatte, die eine Nadel in Schwingung brachte. Oder Ähnliches, sondern der DJ war selber die Rille und konnte sie nach Belieben in die Länge ziehen, modifizieren oder komprimieren. Und manchmal erschien es mir, als würden die vorgefertigten Muster, die alles bewegen und alles vorgeben, nun für eine Sekunde aufgebrochen, freigegeben, dem Universum preisgegeben und uns zur freien Verwendung nutzbar gemacht. Und das Universum ist rein, unverfälscht, echt, sauber von einer Klarheit wie wir es als Menschen gar nicht verstehen können. Das Universum braucht kein Geld, keine Anerkennung. Das Universum hat kein Ego. Das Universum ist von einer Einheit und Klarheit. Wie sie der Mensch kaum erreichen konnte. Ja, das war ja das Problem: Der Mensch lebte in Mustern. Der Mensch war unrein und unperfekt. Und teilweise war es ja auch ganz schön. Die Unperfektheit war das Salz in der Suppe eines jeden Menschen. Auch in der Interaktion zueinander. Aber das konnte durch den Club und seine Musik, die so nie wieder entstehen würde und die so vorher nie entstand, für einen Moment ausgeglichen werden. Dieser Techno-Club war mindestens ein Tempel, es sind die modernen Tempel. In diesen Tempel gab es ein Hohepriester, der die Muster des Vinyls aufbrechen konnte und mit seiner Kreativität völlig neu zusammensetzen konnte. Das gab es vorher nicht, das wird es nie wieder geben. Das war einzigartig. Und wenn der Hohepriester seinen Tempel betrat, öffnete sich das Universum, dessen Ausdruck die freie Kreativi-

tät ist, für einen Spalt. Und die durch stunden-
langes monotones Wiederholen von immer
denselben Rhythmen sich allmählich in Trance
dahin schwingende Gemeinde ersehnte diesen
kurzen Augenblick des höchsten Glücks und
der Glückseligkeit. Jederzeit bereit, alles dafür
zu tun, ein Teil des Universums zu werden. Die
Monotonie der Töne schaltet das Gehirn in
einen anderen Modus. Und so war die Gemeinde bereit, völlig offen die heilbringende Reinheit des Universums, das sich für einen kleinen
Spalt öffnete, aufzunehmen. Und das machte
auch sie reiner. Ein ganz klein wenig reiner,
weiser, klarer und brachte sie näher zur Einheit.
An dem Punkt, an dem sie für einen Moment
eins wurden, erfuhren sie das höchste Glück.
Und alles, was ihnen helfen konnte, dieses
Glück wieder zu erreichen, war heilig. Oder
vielleicht auch magisch. Die Techno-Trance-
Clubs waren Tempel und die DJs Hohepriester
der Kreativität und das Universum. Dabei entstand die Kreativität, die uns näher zum Universum brachte, eigentlich in den Gehirnen der
DJs.

Der Tempel

Wohlgemerkt in dem sehr gut trainierten und langjährig ausgebildeten Gehirn eines DJs, der sich unentwegt und voll professionell nur der Musik widmete, die er vertrat, die er spielen wollte und in dessen Marktsegment er sich befand. Nur so einer konnte ein Hohepriester im Tempel des Universums werden. Das ist keine Fiktion, sondern Vergangenheit. Vielleicht ist es auch beides. Ja, das könnte wirklich sein, dass das beides ist. Aber die monotonen Mantras in den buddhistischen Klöstern lösen bei der transzendentalen Meditation einen Moduswechsel im Gehirn aus. Man fällt in Trance. Und die amerikanischen Ureinwohner hatten eine monotone Basstrommel, die sie immer schlugen, wenn sie mit ihren Ahnen in Verbindung traten. Das ist also nichts Neues. Heute ist die Musik elektronisch. Das macht es nicht besser oder schlechter, nein, es hat sich nur verändert. Die Musik ist ein monotoner Schlag. Und dann fangen die Leute an zu tanzen, aber sie torkeln eher. Und sie fallen in Trance. So heißt die Musik auch. Die Musik heißt genauso wie das, was passiert. Aber man spricht es englisch aus. Und wenn es besonders monoton werden sollte, sprechen wir von Minimal. Dort laufen dann immer wieder dieselben Sequenzen. Sie alle eint das Bewusstsein, dass die individuelle Kombination von Tönen so nie wieder kommen wird. Ja, so ist auch das Leben. Jeden Tag lebt man nur einmal. Und diese Musik hört man so nur einmal. Wenn man nicht dabei war, dann ist es verloren. Dann hat man es verpasst. Und so leben diese Leute dieses Gefühl aus, das sie alle eint. Ihren DJ folgen diese Leute so, als würden Glaubende einem Priester folgen. Sie folgen ihm in den sozialen Netzwerken, sie schauen seine Veröffentlichungen auf Soundcloud.to.fsm. Sie schauen auf sein Instagram-Profil und wollen teilhaben. Und sie gehen zu seinen Auftritten. Um sich weiter zu berauschen an den Beats. An den monotonen Beat, der sie in Trance versetzt. Manche Leute bezeichnen das als House-Musik. Das hat etwas damit zu tun, dass es im Haus, also in dem Club, so nie wieder entsteht, aber eigentlich ist House-Musik ein Begriff aus der Hiphop-Welt. Und Hiphop erzeugt auch keine Trance. Hiphop ist auch eher zum Feiern. Trance ist zum Entspannen und zum Abhängen. Und man gerät in Trance. Ähnliche Effekte lassen sich durch die transzendentale Meditation erreichen … ja, sogar noch besser. Das kann einen auf den Clubbesuch vorbereiten und diesen verbessern. Man ist geübt, in Trance zu kommen. Die Meditation, von der ich rede, ist von dem sogenannten Zen-Buddhismus abgeleitet. Und im Vergleich zu anderen Meditationen, bei denen man sich z.B. auf einen Punkt konzentriert oder einfach versucht, an nichts zu denken. Murmelt man beim Meditieren einen tiefen Brumm-Laut. Das sogenannte Mantra. Mantras sind Worte, die ich immer wiederhole, und das mache ich so lange, bis ich in Trance komme. Das vibrierende Brummen schaltet das Gehirn in einen anderen Modus. So funktioniert es auch bei der Trance-Musik. Nach ca. 10 bis 15 Minuten merkt das Gehirn, dass irgendwas nicht stimmt, und holt sie zurück in die Gegenwart. Die erste Übung ist, diese Zeit von 10 bis 15 Minuten in die Länge zu ziehen. Auf eine halbe Stunde vielleicht. So kann man diese Meditation üben. Und man gerät leichter in Trance, wenn man es zulässt. Trotzdem ist man aber immer Herr der Lage. Aber man kann auch abtauchen, wenn man es zulässt.

Die Perfektion

Um diesen Effekt geht es auch bei der Trance-Musik und vor allen Dingen beim Minimal-House. Ich würde den Minimal-House als eine der Sektionen des Trance sehen. Und das wiederum als Spielart des Techno und deren Vorläufer, die elektronische Musik. Aber viele betrachten das alles als eigene Musikrichtung. Aber gibt es eine eigene Musikszene für Minimal-House mit eigenen Läden, Plattengeschäften, CD-Geschäften und Bekleidungsgeschäften? Gibt es Webseiten für Minimal-House? Ich glaube kaum. Nicht in den neunziger Jahren, vielleicht später. Gerade in ländlichen Gegenden spielen die Clubs mal Popmusik, mal Techno, mal Trance oder Minimal-House. Nur in einigen Großstädten gibt es einige Clubs, die sich auf Minimal-House spezialisiert haben. Deutsche Großstädte spielen dabei kaum eine Rolle, vielleicht würde ich Berlin und Hamburg noch hinzuzählen, aber für richtige Musik dieser Art muss man wohl nach Großbritannien, also nach London. Bestimmt geht auch was in Los Angeles oder in Tokio.

Woher ich das weiß? Nun, dort ist es zuerst auf-getaucht. Und dort gab es die ersten Clubs mit elektronischer Musik. Dann wurde es zum Techno, aber Techno hatte auch immer ruhige Phasen. Aus dieser ruhigen, rhythmuslosen Phase hat sich der Trance entwickelt. Und dar-aus später der Minimal-House. Also die Zeitab-folge gibt uns recht. Aber es geht letzten Endes nicht um die genaue Abfolge. Viele DJs haben sich eigene Definitionen gegeben, was jetzt genau was ist und welcher Stil jetzt genau wie heißt. Wie bei allen Neuen müssen sich Struk-turen und Namen von Musikstilen erst heraus-bilden. Erst redet man aneinander vorbei, schon bald schreiben Musikstudenten die erste Klausur darüber. Es geht also nicht darum, was was ist. Es entsteht. Es fließt. Es strömt. Diese Leute wollten nicht denken. Sie können für einen Moment das Universum sehen. Dafür waren sie gekommen. Dafür haben sie sich in dunkle Kleider gehüllt. Deswegen waren die Wände schwarz. Auch der DJ trug schwarze Kleider. Wie ein Priester. Dieses Aufblitzen der Kreativität des langjährig trainierten DJs, in dem Moment, wo es ihn packt und er etwas völlig Neues erzeugt. Neue Styles, neue Base-lines, neue Samples. Ohne es vorher zu testen. Nur auf eine positive Reaktion hoffend. Dieser

Moment öffnet das Universum. Ein kurzes Flackern. Und würden sie eines Tages sterben, das wäre egal, das Universum hatte sie gesehen und kannte sie nun. Deswegen spielte es keine Rolle, in welchen Lebensumständen man war und was man dazu brauchte, um diesen Rausch zu erzeugen. Frauen schminkten sich oft stark. Und Männer nicht. Ich würde nicht von Mädchen und Jungen sprechen. Für diese Musik brauchte es eine gewisse Erkenntnis. Und das hatten Mädchen nicht. Aber Frauen. Die Frauen waren regelrecht maskiert. Das dunkle Licht und der Nebel trugen ihr Übriges dazu bei. Wie Masken beim venezianischen Karneval. Und wieder wird eine biblische Prophezeiung erfüllt, die ja die Männer oder vielmehr die Sohnschaft in den Mittelpunkt stellt, während sie Frauen als unrein betrachtet. Frauen durften dabei sein, mussten sich aber verschleiern oder bedecken. Heute ist es das Make-up, das sie bedeckt. Der dunkle Mantel der Dunkelheit ließ es nicht zu, dass man ihre Gesichter und ihre Kurven erkennen konnte. Denn auch das war etwas Göttliches.

Universum oder Gott?

Gott ließ es nicht zu, dass man seine Göttlichkeit sehen konnte. Man konnte sie allenfalls erahnen. Und so schließt sich der Kreis. Alles wird zu allen. Die alten Rituale der Indianer sind nicht alt. Sondern sie *sind* einfach. Das Sein steht im Vordergrund. Über Jahrtausende wiederholen sich die Rituale und bilden immer wieder neue Facetten aus. Gäbe es einen besseren Beweis für Gottes Existenz? Dass sich so etwas immer wiederholt, kann der Mensch das machen? Nein. Aber das Universum. Oder Gott. Oder Manitu. Oder Odin. Nenn es, wie du willst. Die tibetischen Mönche dagegen wollen einfach nur auf der höchsten Stufe der Meditation sein. Das Sein steht auch hier im Vordergrund. Und die Nähe zu Buddha und zu ihren Urahnen. Ihre Urahnen sind auch unsere Urahnen. Alles verschmilzt und wird zu eins. Und die Kreativität kommt von Gott. Der DJ ist der Hohepriester. Der Vermittler. Der, der das Tor zum Universum öffnet. Die Kreativität, das kurze Aufblitzen, ist von Gott oder vom Universum, nenn es, wie du willst. Aber die Fähigkeit, das sofort umzusetzen und es einer Gruppe von Anhängern zu präsentieren, ist besonders, einmalig. Das kommt so nicht wieder. Gott nennt sich auch Zebaot, das bedeutet Herr der himmlischen Heerscharen. Inhaltlich nicht weit entfernt von dem Palast der himmlischen Reinheit in der verbotenen Stadt in China. Ich brauche keinen Professor, der mir in 300 Jahren wissenschaftlich belegt, dass das alles eins ist. Die Naturvölker, die Tibeter, die Meditierenden in aller Welt, die in Trance torkelnden ... egal ob im Tempel oder im Club. Sie alle suchen Einheit oder Nähe mit dem Universum. Meistens hatten sie dafür einen besonderen Raum und waren besonders gekleidet. Frauen waren ausgeschlossen oder versteckt oder verhüllt in allen Religionen. Und das ist uns schon heute klar ... Kleiner Exkurs: Ein weiterer Effekt von Großstädten und von dem, was dort passiert, ist, dass das schon bald an der Uni auftaucht. Norman war ja selber so ein Student. Was sich erst als Studentenhobby und Spaß entwickelt, landet schon bald als Studienfach an Fakultäten. Denn aus Studenten werden Absolventen, aus Absolventen werden Dozenten und dann dauert es nicht mehr lange, bis ein durchgeknallter Politiker meint, dass es ihm im Wahlkampf hilft, wenn er einen Dozenten zum

Professor ernennt. Das bedeutet dann lebenslanges Geldkassieren vom Staat. Aber nur für wenige. Es ist schon genial, wie sich Dinge immer weiterentwickeln. Du willst eine Art Esoteriker mit DJ-Qualitäten? Dann solltest du dort studieren. Es gibt eine Menge Geld zu verdienen. Musik und Esoterik. Das passt, und wenn das jemand infrage stellt, dann zeigst du einfach deinen Abschluss von der Uni. Die Fachbücher kann ich dir schreiben. Vielleicht ist dieses kleine Buch schon eine erste Grundlage. Nur dann wird aus dem kreativen Hobby eine feste Struktur. Denn je mehr sich die Leute für deine Fachrichtung interessieren – schon kommen die Ersten an und verlangen Normen. Weil Studenten Prüfungen und Klausuren schreiben. Und die muss jemand kontrollieren. Spätestens dann solltest du deinen VW-Bus nehmen und das Weite suchen. Oder du fährst mit dem Motorrad in den Sonnenuntergang. Falls du dich gewundert hast, warum es so viele schräge Studienfächer an den Unis gibt. Genau so entstehen sie. Was machen dann die Absolventen? Immerhin sollen sie 40 Jahre damit arbeiten. Gute Frage.

Der nächtliche Anruf

Aber das war nicht das, was Norman und seine Leute wollten. Normans Techno-Club „Edelharzwerk" schien ganz gut zu laufen. Und das machte mir Freude, es waren viele meiner Ideen mitunter gekommen. Es war ungefähr 3 Wochen nach der Eröffnung. Ich lümmelte mich gerade auf mein Sofa und schlief fest, als mein Nokia 3210 klingelte. Hallo? Hallo! Hier ist Norman. Du, ich hab nicht viel Zeit, kannst du bitte zu unserem Club kommen? Es ist dringend….. Ja. Aber was ist denn los? Die Polizei ist da! Vor Schreck drückte ich auf die Auflegen-Taste. Ich sprang vom Sofa. Hinein in die Klamotten. Ich starte meine Yamaha FZS600 und ich fuhr mit überhöhter Geschwindigkeit in Richtung des Industriegebietes, wo ich einst gearbeitet hatte und wo jetzt Normans Disco war. Die Polizei, das war gar nicht gut. Ich kam irgendwann gegen 00:00 Uhr an. Ich sah die Blaulichter. George, so hieß Normans Teilhaber, er war einer seiner Kommilitonen, kam mir entgegen und sagte: „Die Polizei, sie sagen, sie suchen hier irgendwas, sie haben die Disco durchsucht." Es gab in der Nachbarschaft einen Überfall. Norman haben sie mitgenommen. Was? Fragte ich. Die werden uns kennenlernen. Zum Glück konnte sich die Mc Motor Security Ltd. SE, die Norman als Sicherheitsleute angestellt hatte, schon verabschieden, meinte George. Ich besorgte Norman in den nächsten Tagen einen Anwalt. Einen Dr. Hack-Fresse. Er residierte in der vornehmen ABC-Straße in Hamburg. Schon bald war die Gerichtsverhandlung. Normal ist das nicht so schnell, aber Dr. Hack-Fresse hatte es irgendwie gedreht. Ein Anwalt nach meinem Geschmack. Die Verhandlung leitete der Amtsrichter Strunz, Vorsitzender Direktor-Richter oder so. Vorwurf: Diebstahl oder Beteiligung daran. Einige Formalitäten nicht eingehalten, aber das Ganze war schnell erledigt. Er sprach Norman in allen Anklagepunkten frei. Die Begründung war interessant:

1. Der Angeklagte Norman wird freigesprochen und wird freigelassen.
2. Zum Tatzeitpunkt waren die Polizeibeamten die einzigen, die bewaffnet waren. Norman und seine Angestellten waren unbewaffnet. Dazu kommt, dass sich im Polizeiwagen der Beamten noch eine MP5, ein Maschinengewehr, im Kof-

ferraum befindet.

3. Die Polizeibeamten waren die einzigen, die kriminalistisch geschult waren. Das dient zur Analyse von Straftaten, kann aber auch zur Vertuschung verwendet werden. Norman hatte keinerlei Schulungen dieser Art.

4. Es gab eine Polizeistation in der Nähe, dort befanden sich weitere bewaffnete Kräfte, die ebenfalls geschult waren.

5. Das Prinzip, wonach der Staat immer das Individuum, nicht aber die Gruppe verantwortlich macht, gilt als soziologisch überholt. Der Mensch ist ein Gruppentier und agiert in Gruppen. Eine Verurteilung eines Einzelnen würde gegen die Würde des Menschen verstoßen und ist klar abzulehnen.

Gut gemacht, Dr. Hack-Fresse. Und Norman tanzte aus dem Gefängnis ... hinein in seinen VW-Bus, der schon auf ihn wartete. Der Motor startete und die Räder drehten durch. Der Bus verschwand im Staub.

Die Love Rave Parade

Damit konnte die Geschichte weitergehen. Ich sagte zu Norman, dass wir, um richtig im Markt etabliert zu sein, schauen müssen, ob wir nicht auf die Love Rave Parade kommen können. Am besten mit einem eigenen Wagen. Die Love Rave Parade war in den 1990er Jahren eine Art Umzug mit bis 1 Million Zuschauer, die diesen Wagen dann tanzend folgten. Am besten schon auf der nächsten Love Rave Parade 1999 mit dem Titel "Music is the Key" sagte ich. Norman meinte: Dann brauchen wir einen Anhänger. Und den müssten wir umbauen. Diese Aufbauten müssen abgenommen werden. Da schon Mai ist, ist die Zeit sehr knapp. Da fährst du mit LKW-Anhänger, der ähnlich wie beim Karneval in Köln nur, dass die Love Rave Parade in Berlin-Tiergarten war. Und als Aufbauten haben wir nur ein paar Turntables mit einigen angesagten DJ. Und natürlich Boxen, Verstärker und Stromgeneratoren. Das wäre alles. Die Zeit ist aber schon sehr knapp, niemand hat ein LKW -Führerschein um den Wagen überhaupt ziehen zu können, und mit dem Trecker dauert es zu lange.... Stimmt, sagte ich. Norman machte einen anderen Vorschlag. Wir fahren als Privatleute ohne Wagen zur Love Rave Parade. Das müssen wir schon tun, nur um zu wissen, was läuft. Und dann machen wir eine Love Rave Parade -Motto Party, wo wir die Musik der Love Rave Parade auflegen lassen. Wir schreiben uns die Titel auf oder nehmen die Musik mit dem Handy auf. Vielleicht gibt es auch irgendwo eine Webseite, wo wir genau erfahren können, welche DJ, welche Titel auf welchen der Umzugswagen spielen. Dann können wir diese Leute zu uns einladen und auflegen lassen. Wir versuchen so viel wie möglich an Input mitzunehmen, um unseren Techno-club ein wenig aufzupeppen. Gesagt, getan: "Music is the Key" war einer der erfolgreichsten Love Rave Parade-Veranstaltungen mit 1,5 Millionen Zuschauer. Wir tanzten auf 30 cm hohen plattgedrückten Bierdosen. Aber es war gut. Wir konnten die Einflüsse gut nutzen und damit unser Edelharzwerk verbessern. Außerdem bekamen wir zahlreiche DJ Kontakte, die wir einfach ansprachen. Der Grundstein für eine längere Erfolgsstory bei diesem Projekt war gelegt. So konnte mit minimalistischem Aufwand, ein altes Gebäude, ein paar Spanplatten, Farbe, gebrauchte Boxen, Tunes aus dem

Internet eine Menge Umsatz erzeugt werden, der natürlich größtenteils sofort in Richtung Kanalinseln oder Dubai verschwand, oder in Bitcoin umgewandelt wurde. So ging es noch 10 Jahre oder länger. Der Hohepriester-DJ eröffnete den Tempel und seine Jünger folgten ihm von Prozession zu Prozession, von Tempel zu Tempel, und er brachte den Club zum Glühen. Der unperfekte Mensch findet hier seine Entspannung und Einheit mit der Kreativität, die vom Universum kommt. Es spielte keine Rolle wer du warst oder bist, oder was du werden würdest. Ob Arbeiter oder Bankkaufmann. Medizinstudent oder Wissenschaftler. Deutscher oder Europäer. Hetero oder transsexuell. Hier waren alle gleich, und so ging es immer weiter, bis das Edelharzwerk irgendwann eine andere Fabrikhalle brauchen würde..... .

Die Hauptstory habe ich vom 17.03.24 bis 21.03.24 in Lörrach geschrieben. Und bis zum 28. Mai 24 nachbearbeitet und mit Fotos aus meinem Privatarchiv versehen. Überarbeitung am 23.09.25. Alle Rechte an Texten sowie den Fotos liegen bei mir. Vielen Dank für ihr Interesse. Renee Rudorff www.reneerudorff.de

RENEE RUDORFF

Ich schreibe einfach, einfache Worte, keine Fremdwörter, ich vermeide negativ behaftete Begriffe. Ich versuche, den positiven Flow einer Geschichte zu erhalten. Meine Bücher sind oft Erzählungen. Erzählt aus meiner Perspektive, dem Arbeiter und Industriemeister Renée, und allen, was ihn umgibt. Einiges habe ich selbst erlebt. Das ist prägnant, humorvoll, enthält schräge Charaktere mit einfacher Einstellung zum Leben und ironischem Blick auf die Umwelt. Phantasievoll geschrieben, zum Teil abschweifend, übertrieben. Aber einfach zu lesen.

Privat: Ich lebe in Lörrach, am Rande Deutschlands, und arbeite in der Schweiz als Prozesstechniker bei Hoffman-La Roche. Ich fahre gern mit meinem Motorrad durch das Markgräflerland, ich bereise die Welt.

GESCHICHTEN MIT HAPPY END FÜR DIE UMWELT.

Story.one setzt auf Nachhaltigkeit. Jedes Buch wird on-demand produziert, um Überproduktion und Ressourcenverschwendung zu vermeiden. Dank lokaler Druckereien werden CO2-Emissionen reduziert. Dein Buch ist nicht nur einzigartig, sondern auch umweltfreundlich.

Zeitfracht Medien GmbH
Ferdinand-Jühlke-Straße 7
99095 Erfurt, Deutschland
produktsicherheit@kolibri360.de